Ein gutbürgerlicher Wiener Buchverleger und seine Freunde – ein akademischer Maler, ein behördlich konzessionierter Tierpräparator und vielleicht auch ein Bijouterie-Fabrikant – waren wahrscheinlich Urheber und Nutznießer dieser derb-deftigen Photographien, für die ihre «Hausperlen» und Köchinnen offensichtlich mit einigem Spaß Modell gestanden haben. Hineingestellt und -gelegt in Interieurs und Exteriuers der Gründerzeit, geizen die sonst eher zugeknöpften Schönen jener Jahre nicht mit ihren wahrhaft üppigen Reizen. – Mit einem Nachwort von Christian Bamlach.

Pudelnakerd

Erotische Szenen
aus der Gründerzeit

Nachwort von Christian Bamlach

Harenberg

Die bibliophilen Taschenbücher Nr. 246
4. Auflage 1988
© Harenberg Kommunikation, Dortmund 1981
Alle Rechte vorbehalten
Gesamtherstellung: Druckerei Hitzegrad, Dortmund
Printed in Germany

Inhalt

49

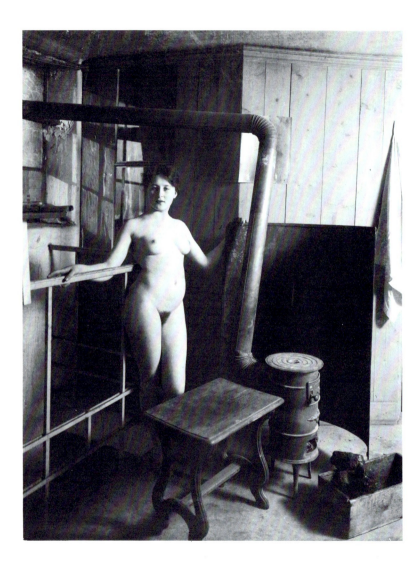

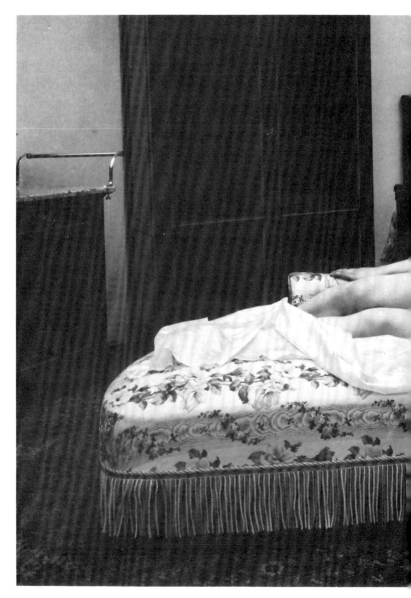

114

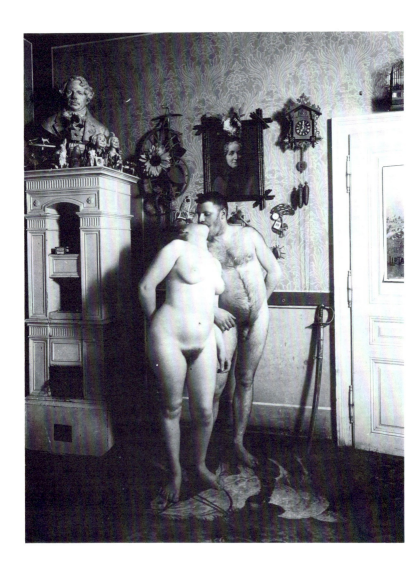

124

131

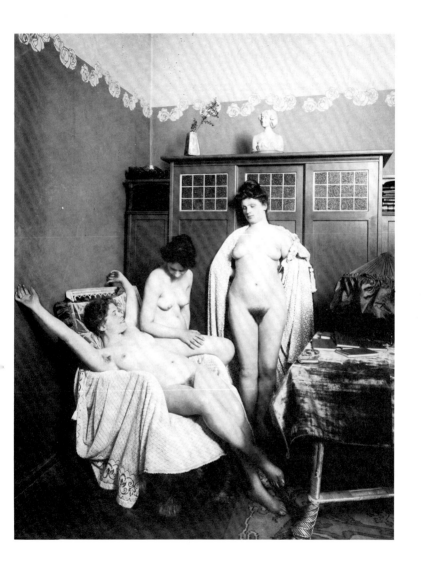

Sie stehen sozusagen Busen an Busen im Stall beieinander: die blitzsaubere Kuh und die dralle Magd. Beide könnten sie Zenzi heißen, beider Haut ist von milchweißer Farbe, bei beiden wölbt sich der Bauch im Vollbesitz ihrer Weibesfülle. Ja, es wäre vorstellbar, daß die Kuh ähnlich betreten wie ihre wohlgenährte Nachbarin in die Kamera lächeln würde, wenn sie lachen könnte – und ihren Kopf nicht abgewendet hätte. Nur das mägdeliche Spielbein biegt sich in für Paarhufer unnachahmlicher Grazie vor das Standbein.

Da wir uns gegen Ende des 20. Jahrhunderts daran gewöhnt haben, in bildlichen Darstellungen zwar selten mit Kühen, dafür aber um so häufiger mit Brüsten und Hüften ohne Hüllen konfrontiert zu werden, reizt diese «erotische Szene» ausschließlich die Lachmuskulatur und läßt alle anderen Muskeln unberührt. Was Nacktheit mit Sexualität oder gar Erotik zu tun haben könnte, bleibt angesichts der «Vereinigten Pudelnakerden» dieses Bandes wohl selbst einem besessenen Sexmaniak und ausgepichten Erotomanen schleierhaft.

Trotzdem: Die Photographien dieses Buches sind reizvoll außergewöhnlich und außergewöhnlich reizvoll, schon allein weil sie uns über unsere Urgroßväter schmunzeln lassen, deren Herzen unter dem Plastron bei ihrem Anblick vor erotischen Frenesien höher schlugen.

*

Nacktphotos und Photonackedeis sind fast so alt wie die Photographie selbst. Bereits aus den vierziger Jahren des vorigen Jahrhunderts – 1839 hatte Daguerre sein Patent angemeldet – sind uns sogenannte «Akademien» bekannt, in allerlei klassischem Räkeln-und-Renken posierende Damen zweifelhafter Provenienz, vordergründig dem Zwecke dienend, ärmeren bildenden Künstlern die teuren Malermodelle zu ersetzen. Die Verbreitung der frühen Aktphotos nahm aber so rasant zu, daß mit Fug und Recht eine gewisse Zweckentfremdung unakademischer Natur angenommen werden darf.

Auch das ehrwürdige älteste Gewerbe nahm sich bald ohne Zaudern des neuen Mediums an: Man verteilte sogenannte «cartes-de-visite» – Photos in Visitkartenformat, auf denen die Damen nackend oder mit verrutschten Krinolinen nicht mit ihren spätbiedermeierlichen Reizen geizten – unter die zahllos-willige Klientel, die, der strengen Sexualmoral zum Trotz, furchtlos zwischen der Skylla Syphilis und der Charybdis Schanker einhervögelte.

Aber auch die breite Masse der Gehemmten und Zaghaften wurde ab den siebziger Jahren, mit dem Aufkommen der Ansichtskarte, mehr schlecht als recht bedient: betörend blickende Zier-Geschöpfe im Evaskostüm oder in fleischfarbenen Trikots, auch splitternackt noch immer in ihrer Pose verkleidet, die sie vor dem Alptraum behördlicher Zensur träumerisch der Wirklichkeit enthob, aus dem Fundus teutonischer oder griechischer Mythen als Waldfeen oder Nymphen entstiegen, aber auch als «Nympherln» in schwülen Boudoirs und auf zerknautschten Pfühlen, beim Ausziehen vorm Spiegel, beim Ausziehen im Bad, beim Ausziehen vorm Strandkorb und immer wieder beim Ausziehen im bürgerlichen Schlafgemach.

Und das alles spielte sich vor den «malerischen» Kulissen eines Photographenateliers ab, mit wenigen, immer gleich sterilen Hintergründen und gründerzeitlich verschnörkelten Ateliermöbeln, auf denen sich die Entblätterten hin- und ihre «Blätter» aus raschelnder Seide ablagerten.

Diese Ramsch-Erotik war Ausdruck einer doppelbödigen Sexualmoral, die nichts erlaubte, aber alles möglich machte, wenn es nur geheim geschah. Stefan Zweig hat die Blüten, die in der Treibhausatmosphäre jener «Welt von gestern» trieben, so beschrieben:

«Kaum fand sich ein Zaun oder ein verschwiegenes Gelaß, das nicht mit unanständigen Worten und Zeichnungen beschmiert war, kaum ein Schwimmbad, in dem die Holzwände zum Damenbad nicht von sogenannten Astlochguckern durchbohrt waren. Ganze Industrien, die heute durch die Vernatürlichung der Sitten längst zugrunde gegangen sind, standen in heimlicher Blüte, vor allem die jener Akt- und Nacktphotographien, die in jedem Wirtshaus Hausierer unter dem Tisch den halbwüchsigen Burschen anboten. Oder die der pornographischen Literatur ‹sous le manteau› – da die ernste Literatur zwangsweise idealistisch und vorsichtig sein mußte – Bücher allerschlimmster Sorte, auf schlechtem Papier gedruckt, in schlechter

Die bibliophilen Taschenbücher

«Ein verlegerisches Unternehmen, das der Augen- und
Sinnenfeindschaft entgegenwirkt, die unser massenmediales
Zeitalter so traurig kennzeichnen» (FAZ).

In diesem Programm erscheinen Bücher der Sachgebiete:

*Berühmte Bücher · Literatur und illustrierte Bücher
Kinder- und Jugendbücher · Über Kinderbücher
Berühmte Handschriften · Illustrierte Bibliographien
Anthologien, Märchen und Rätsel · Karikatur, Satire, Parodie
Kunst · Buch und Leser · Zeitschriften
Taschenbücher in ungewöhnlicher Ausstattung
Taschenbücher mit Originalgraphik
Wandmalerei und Graffiti
Große Graphiker, Stecher und Illustratoren · Jugendstil
Plakate · Kunstgewerbe, Kleinkunst, Volkskunst
Geschichte/Archäologie · Religion und Glaube
Alte Fotografien · Foto-Essays · Reiseimpressionen –
Sehnsuchtsbücher für Reisende · Aus dem Fernen Osten
Städte und Länder in alten Ansichten
Architektur · Austriaca · Theater, Film, Musik · Mode
Puppen und Spielzeug · Technik · Natur und Tiere · Militaria
Museen und Sammeln · Essen, Trinken und andere Genüsse
Werben und verkaufen · Erotica · Alte Postkarten
Sport, Spiel, Hobby · Varia und Ratgeber
Herz, Schmerz und dies und das . . .*

Ein Gesamtverzeichnis der mehr als 500 bisher erschienenen
Bände erhalten Sie bei Ihrem Buchhändler.

Erotica

Band Nr. 15
Hancarville
**Bilder aus dem
Privatleben der
römischen Cäsaren**
Nach der Ausgabe von
1906. Nachwort von Henri
Herbedé. 258 Seiten,
51 Tafeln

Band Nr. 23
Hancarville
**Denkmäler des
Geheimkults der
römischen Damen**
Nach der Ausgabe von
1906.
96 Seiten, 49 Tafeln

Band Nr. 57
Robert Lebeck (Hrsg.)
Playgirls von damals
77 alte Postkarten. Nach-
wort von Manfred Sack.
168 Seiten,
77 Abbildungen,
davon 16 farbig

Band Nr. 66
John Cleland
**Die Memoiren
der Fanny Hill**
Nach der Ausgabe von
1906. 8 Abbildungen von
Franz von Bayros.
422 Seiten

Band Nr. 76
Marquis de Sade
**Die hundertzwanzig Tage
von Sodom**
Übersetzt von K. v.
Haverland. Nach der Aus-
gabe von 1909. Nachwort
von Marion Luckow.
51 Illustrationen
von Karl M. Dietz.
568 Seiten

Band Nr. 85
Oscar Wilde
Salome
Mit den Illustrationen von
Aubrey Beardsley.
Nachwort von
Gabriele Sterner.
76 Seiten,
16 Abbildungen

Band Nr. 102
Lukian
Die Hetärengespräche
Nach der Ausgabe von
1967.
15 Abbildungen von Gustav
Klimt. 81 Seiten

Band Nr. 114
Der Liebe Lust I
Erotische Bilderfolgen aus
dem Biedermeier.
114 Seiten,
54 farbige Abbildungen

Band Nr. 122
*Carl Ludwig Wilhelm
von Poellnitz*
Das galante Sachsen
Nach der Ausgabe von
1735. 336 Seiten,
1 Abbildung

Band Nr. 128
Hishikawa Moronobu
**Vergnügungen
der Liebe**
Nach der Buchausgabe von
1683. Herausgegeben von
Franz Winzinger. 45 Seiten,
32 Abbildungen

Band Nr. 133
Robert Lebeck (Hrsg.)
Potztausend, die Liebe
Alte Postkarten, 163 Seiten,
80 meist farbige Abbil-
dungen

Band Nr. 149
Der Liebe Lust II
Erotische Bilderfolgen
aus dem Biedermeier.
105 Seiten,
51 farbige Abbildungen

Band Nr. 168
Das fröhliche Erotikon
Ein Album.
Naive Aquarelle.
103 Seiten,
50 farbige Abbildungen

Band Nr. 190
Thomas Rowlandson
Allerlei Liebe
Erotische Graphik.
Nachwort von
Gerd Unverfehrt.
124 Seiten, 50 farbige
Abbildungen

Band Nr. 197
Werner Bokelberg (Hrsg.)
Vending Machine Cards
Pin-up-Girls von gestern.
Nachwort von Michael
Naumann. 171 Seiten,
79 farbige Abbildungen

Band Nr. 201
Kitagawa Utamaro
Schatzkammer der Liebe
Nachdruck der Ausgabe um
1800. Herausgegeben von
Franz Winzinger. 47 Seiten,
30 Farbseiten

Band Nr. 209
Robert Lebeck (Hrsg.)
Kehrseiten
Erotische Postkarten,
113 Seiten, 80 Abbildungen

Band Nr. 221
Julius Nisle
Casanova-Galerie
Szenen aus den Memoiren
des Chevalier de Seingalt.
Nachdruck der Buchausgabe
um 1840. 241 Seiten,
48 farbige Abbildungen

Band Nr. 229
Peter Fendi
Genießet die Liebe
Erotische Bilder aus dem
kaiserlichen Wien. Mit
einem Nachwort von
Ninguno Nemo. 95 Seiten,
40 farbige Abbildungen

Band Nr. 238
Andreas & Angela Hopf
Erotische Exlibris
174 Seiten, 82, teils farbige
Abbildungen

Band Nr. 241
Henning Schlüter
**Ladies, Lords und
Liederjane**
Essay von Philippe Jullian.
221 Seiten, 171 Abbil-
dungen

Band Nr. 257
Philip Rawson
**Erotische Kunst
aus Indien**
Miniaturen aus drei Jahr-
hunderten. 109 Seiten,
40 Farbtafeln

Band Nr. 270
Henry Monnier
Aus der Bohème
Erotische Bilder.
Nachwort von Rudolf
Kimmig.
54 Seiten,
50 farbige Abbildungen

Band Nr. 282
Erotische Eskapaden
Bilder aus einem geheimen
Album zur Zeit der Queen
Victoria. Nachwort von
Wolfgang Bühl.
98 Seiten,
54 Farbabbildungen

Band Nr. 293
Robert Lebeck (Hrsg.)
**Busen, Strapse,
Spitzenhöschen**
Alte Postkarten. Nachwort
von Wolfgang Bühl.
167 Seiten,
79 teils farbige
Abbildungen

Band Nr. 305
Es lebe die Liebe
Erotische Miniaturen aus
Frankreich.
81 Seiten,
40 farbige Abbildungen

Band Nr. 316
Thérèse Philosophe
Erotische Kupferstiche aus
fünf berühmten Büchern.
Nachwort von Jacques
Duprilot.
233 Seiten,
116 Abbildungen

Band Nr. 323
*Margot Dietrich/
Detlef Hoffmann*
Pikante Blätter
Erotische Spielkarten von
gestern und heute.
123 Seiten,
99 farbige Abbildungen

Band Nr. 340
La Nouvelle Justine
Vollständige Folge aller 101
Kupferstiche zu dem Werk
des Marquis de Sade. Nachwort von Guido Kohlbecher,
125 Seiten, 101 Abbil-
dungen

Band Nr. 346
Galante Exerzitien
Die Liebesabenteuer des
Pater Benedikt. 80 Abbil-
dungen, 165 Seiten

Band Nr. 358
Mihaly von Zichy
Oh, Liebe!
40 Abbildungen, 93 Seiten

Band Nr. 368
Earl of Rochester
Sodom
Ein Spiel. 16, teils farbige
Abbildungen, 109 Seiten

Band Nr. 386
Hendrik Goltzius
Eros und Gewalt
Stiche aus der Werkstatt
von Hendrik Goltzius. Mit
einem Vorwort von Eva
Magnaguagno-Korazija.
73 Abbildungen, 207 Seiten

Band Nr. 394
Harald Haack (Hrsg.)
Der Lust zu Ehren
Erotische Elfenbeinminia-
turen aus dem Fernen Osten.
94 Abbildungen, 92 Seiten

Band Nr. 405
**Goethes geheime
erotische Epigramme**
Mit einem Nachwort von
Arno Kappler. 37 Abbildun-
gen, 92 Seiten

Band Nr. 419
Charles Baudelaire
Die Vorhölle
Nachwort von Willy R.
Berger. 7 Abbildungen,
130 Seiten

Band Nr. 424
Harald Haack
**Liebe vor dem Thron
der Götter**
56 Seiten

Band Nr. 431
Rolf Schwarz
Backwerk der Lüste
Bilder aus der Erotic
Bakery mit einem Nachwort
von A. Aufmwasser.
77 farbige Abbildungen,
66 Seiten

Band Nr. 437
Harald Haack
Der Liebe zur Freude
Thailändische Erotik.
68 farbige Abbildungen,
134 Seiten

Band Nr. 443
Harald Haack
Yin + Yang
Bilder aus chinesischen
Hochzeitsbüchern.
64 farbige Abbildungen,
115 Seiten

Band Nr. 449
Uwe Scheid
**Das erotische
Imago I**
Der Akt in frühen Photo-
graphien.
105 meist farbige Abbil-
dungen, 208 Seiten

Band Nr. 456
Jürgen Spohn
Anja
Foto-Essay.
Mit einer Einleitung des
Künstlers.
59 farbige Abbildungen,
111 Seiten

Band Nr. 485
Uwe Scheid (Hrsg.)
**Das erotische
Imago II**
Das Aktphoto von 1900 bis
heute. Mit einem Nachwort
des Herausgebers.
136 Abbildungen,
190 Seiten

Band Nr. 506
Wilhelm von Gloeden
Akte in Arkadien
Mit einem Nachwort von
Hans-Joachim Schickedanz
und Texten zur Rezeptions-
geschichte Gloedens.
80 Fotos, 167 Seiten

Band Nr. 524
Uwe Scheid
**Freundinnen –
Bilder der
Zärtlichkeit**
Mit Kommentaren und
einem Vorwort des Heraus-
gebers. 100 Abbildungen,
153 Seiten

Alte Postkarten

Alte Fotografien